치악통신

이경우 시집

시인의 말

시집을 내게 되었다.

여기에 담은 것들은 지난 30년 동안

내가 눈길을 주었던 눈과 비바람 같은 세월이다.

눈과 비 그리고 바람의 기록이랄까,

이 보잘 것 없는 세월 속에서 내 마음의 거처는 언제나

눈바람 치는 혹한의 고향, 치악산 정상에 숨겨진

은유의 보금자리 변암弁巖 꼭대기에 있었다.

시를 향해 뜻을 세우고 살았던 누옥의 시간들,

내 시는 치악산 앞에서 여전히 부끄럽고 미안할 뿐이다.

2009년 4월

鶴谷에서

이경우

차 례

● 시인의 말

제1부

구두를 신다가

허약한 예수님

나는 예수님이 아픈 날 태어났다.
나의 예수님,
얼음세상에서 하늘도 새파랗게 얼었다.
저 아득한 산 아래에도 찬바람이 불고 있을까.
나는 지금, 침묵하는 산 위에서
눈을 감은 채 바람을 뒤집어쓰고 있다.
지금 내 모습은 무릎 굽은 채
너덜너덜한 나무.
내 기도는 형이하학
나는 다만,
이곳에 부는 눈바람에 내 몸을 맡겼을 뿐이다.
계절도 없는 이곳에서
내 몸을 얼리고 또 얼려
마침내 온몸이 얼음으로 가득 채워지면
그때 비로소 나는 말문을 틀 수 있으려나.
해발 삼천 미터
로키산맥을 넘어 달려온 눈보라 같은
나의 예수님.

눈보라 투성이 나의 예수님.
내 몸을 얼리는 나의 예수님.
내 몸의 얼음을 빼앗아간
나의 허약한 예수님.

하얀 케이프타운

1.
하느님, 나의 절망님!
왜 흰 눈만 내리나요
검은 눈은 하늘에 없나요.

2.
저 멀리 희망봉 희다
내가 도착한
저 봉우리가 절망봉이라니!

3.
블랙들이 걸어오고 있다, 하나 둘
다가설 때마다 여기저기서
터지는 플래시

언제부터인가 도시는 블랙 일색이다
블랙, 그 여유와 당당함이 눈이 시다

한때 그들은,

눈을 감으면 모든 걸 단절시키거나

깊고 오묘한, 아득히 먼

갈 수 없는 나라까지 안내하는

검은 손짓.

세상은

그들에 대한 저주로

그들만의 희망봉을 절망봉으로 변하게 했다

오랫동안 블랙은 반란을 꿈꿔왔다

단지 블랙이 블랙이었다는 이유만으로

더 이상 힘 혹은

공포의 상징이거나 죽음이 아닌,

도발적이고 반항적이며 때로는

우아한 검음의 극치이기를

저 찬란한 플래시 아래

침묵처럼 터지는 블랙들!

양말 속에서 주무시는 하느님

양말을 뒤집어쓰고 걸어 다녔다
하루 종일 비가 내리는 거리를
양말을 온몸에 뒤집어쓰고

저녁 무렵 내가 찾아간 목공소
향기 날아간 젖은 톱밥들
하느님이 젖은 양말 속에서
쪼그린 채 주무시고 계시다

나는,
온 마음에 뒤집어 쓴 양말을 벗어버렸다
내 기도는 구정물
양말이 그립다.

구두를 신다가

신장에서 구두를 꺼내다가, 문득
이 구두는
어느 한 많은 생을 마친 소의
가죽일 거라는 생각이 든다
평생을 겨우 반경 몇 킬로미터를 벗어나지 못한 채
고단한 노동의 현장을 살다간 영혼이
죽어서라도 자유롭게 낯선 땅을 밟아 보고파
한 켤레 인간의 구두로 마무리되었나 보다
신장에서 구두를 꺼낼 적마다
나도 모르게
어디든 떠나고 싶어지는 것은
그 소의 필생의 염원이
다시 되살아난 것은 아닐까
가엾은 소의 영혼을 위하여
구두창이 다 해지도록
자유로워지고 싶은 시간
왕방울 같은 눈을 끔벅이며
순한 소 한 마리가

코뚜레가 박힌 얼굴을 내밀고 있다.

발밑의 허름한 세월

국방부 엘리베이터 금박 모서리에 받혀 튕겨 나올 때.

(공손하라)

절룩이며 울산 페인트 제조공장으로 왔을 때.

(공손하라)

심호흡하며 동두천 가죽염색 공장으로.

(공손하라)

아, 이 허허벌판.

(공손하라)

다시 또 눈비벌판.

(공손하라)

저 혼자 발목 묶는 빗발.

그 발목이 우두둑 끊어버린 빗발.

이제 발은 깻잎 향을 맡으며 산다.

금강제화

1.
100만 년 전 남아프리카 초원을 달리던
싱그러운 뿔을 생각해낸다.

사냥감을 쫓아
150킬로의 머리통을 이고 다녔을 뿔
그 뿔을 제 가슴에 안고 넘어지다가
해질녘이면 아무렇게나 버려졌던
어느 힘없는 뿔소의 가죽.

2.
내가 20년간 신었던 군화
저 퇴색한 가죽에도 뿔이 있었다.

돌아오는 목요일
아파트 분리수거 날 나는
그 뿔을 내다버릴 생각을 하고 있다.

뿔이란,

어느 연약한 짐승의 가죽이

내 무게를 온몸으로 지탱해주었던 것.

인간이 그걸 알고

모두 구두를 신는다면.

정글화

여보,
신발 아무렇게 벗어 놓지 마

한평생 우리가 함께 가야 할 폐허야.

고마워,
이 정글화 하나 믿고 따라와 준 거.

겨울 눈

눈이 군홧발로 온다.

나는 장군의 군화를 밟아
추락한 놈이다.

장군의 군화를 만져 출세한 놈들도
장군의 군화를 닦을 때마다
침을 뱉는다.

침을 뱉어야 군화는 광이 났다.

깡통을 차다

깡통이 공으로 보일 때가 있다, 아니다
공처럼 보이는 깡통이 있다

사소한 바람에 혼자 굴러가는,
굴러가면서 목청도 못 내는, 그런
깡통을 나한테 자살골처럼 차 넣는다
비어서 차고, 차면 소리가 나서 더욱 찬다
세게, 아주 세게

그때, 발 밟힌 황구처럼
어디론가 숨어버리면 그만이지만
머리통을 담벼락에 들이받고, 이를테면
당구의 쓰리쿠션처럼 다시 튀어나오는 깡통을
신의 이름으로 응징하듯 따라가면서 찬다

이윽고, 깡통은
걷어차인 사실을 억울해 할 것이고
차다 지친 내가 그만 좌절하고 마는,

그 시간

세상의 어디선가에서 깡통들은

여전히 소리도 내지 못하고 있을 것이다.

지겟작대기처럼

연탄을 지고 가던 사내가 잠시 쉬고 있다
제 몸집보다 크게, 제 키보다도
높게 연탄을 쌓아올린 지게
그 지게를 받치고 있는 지겟작대기를 보면서
세상을 지탱하는 것은, 결코
커다란 힘이 아님을 알겠다
저 짧고 가느다란 막대기 하나가
제 몸 수백 배 무게의 지게를 받쳐줌으로써
마침내 연탄을 보호하고
사내에게 휴식을 안겨주듯,
몸으로 부딪치며 세상의
질서와 평화를 지키는 사람들을 생각해 본다
아무도 보지 않거나 혹은
무심히 보아 넘기는 곳에서
스스로 지겟작대기가 되는 사람들
진정한 삶의 보람은
그 사람들이 누리는 게 아닐까
저 묵묵하게 버티고 서 있는

지겟작대기처럼
나도 세상 한 귀퉁이 받치고 싶다
작지만 힘주어 보태고 싶다.

보훈병원에서

대기실 전광판에 내 번호는 좀처럼 뜨지 않는다.

창가 휠체어에 의지한 상체뿐인 남자가
내게 거수경례를 한다
금세라도 쓰러질 것 같은
그의 손에 38번 번호 표가 있다

은행 환전뿐만이 아니고
전자대리점 제품수리뿐만이 아닌,
이제는 약 타는 순번까지 매겨지는 대기실에서
저런 몰골로 나를 알아보는 이 누구일까
철책선에서? 혹시, 월남에서?
아, 월남전에서 생사를 같이 했던 병사였다

은빛 번쩍이는 날개에서
안개비처럼 뿌려지던 고엽제를
우리는 모기약인양 온몸에 처발랐었다
이렇게 고인제枯人劑가 될 줄은 꿈에도 모른 채

그의 손을 잡았다
참나무 삭정이 같다
손가락뼈 마디마디가 쏟아질 것 같다
소대장님, 그땐 우리 두려운 게 없었죠!
휠체어에 엎혀 진 몸이 쇳소리를 냈다
그 소리가 쇠꼬챙이가 되어 나를 찌르고 있었다.

폐지의 이력서

찬바람 훑고 가는 재활용품 간이 야적장에서
한 노인 폐지를 정리하고 있다
생의 말미에서
구겨지고 찢겨진 종이박스와 신문지
그리고 종잇조각들을
자서전 준비하듯 고르고 골라 가지런히 묶고 있다
삶의 마지막 마무리마저
살아온 내력으로 구분되어지는 폐지를 보면서
그 노인 담배를 피워 문다
길게 내뿜은 연기 너머로
지난 세월이 되살아나는지
주름진 눈시울이 가늘게 씰룩이고 있다
그에게도, 차라리 버리고 싶은 기억이 있으리라
고르고도 남아 이제는 버리지조차 못하는
조각 난 기억이 있으리라
저 폐지들이야 공장에서 새 종이로 다시
재활용하면 되겠지만,
한번 씌어진 그의 이력은

무엇으로 지워 다시 쓸 수 있으랴

죽어서도 선명한, 젖소 가죽의 그 불도장 같은.

벽돌 한 장

그도 한때는
고층빌딩의 이맛돌이 되고 싶은
꿈이 있었을 게다.
모두가 우러러보는 곳에서
제 존재를 확인하고 싶었을 게다.
그리운 사람의 얼굴마저 생각나지 않는
비가 내리는 날일수록
비어진 가슴속에선
저 건물 어디쯤에서
제 소임을 다하고 있을 동료들의
웃음소리만 울려 퍼진다.
매일매일 솟아오르는 빌딩을 바라보면서
어디선가 제게도
삶의 푸른 날은 오고 있겠지 기다려보지만
혹여, 이대로 영영 버려지면 어쩌나 하는
아파트 쥐똥나무울타리 속 벽돌 한 장.
가슴 깊은 곳까지 한껏 무거워진 몸을 뒤척이며
내리는 비를 비로 막고 있다.

공空

보람아파트 관리사무실 앞뜰 꽃밭에 앉아
보람을 찾으러 오는
극성맞은 벌떼들 보고,

그 등쌀에 일제히 파업하는 꽃들을 보다가
슬그머니 빠져나와
수락산 줄기 아카시아 향 진한 숲속 외진 길 걸으며
오늘 나는 혼자 실컷 젖어 보았다.

내 옆에 따라오는 나한테
필사적 생이라 누가 말한다.

가진 거라곤 몸뚱이 하나밖에
아무것도 소유하지 않는 나한테
필사적?

알겠다, 이 나이엔
나도 나를 소유하지 말아야 한다는 걸.

백혈구

그들은 결사대였다
붉은 긴장이 팽팽했던 그날의 격전지에는
지금 옥쇄한 주검들이 장엄하다

그들도 밤이면
별빛처럼 떠오르는 가족 생각에 목메었겠지만
엄습하는 무리 앞에선
단호히 물러서지 않았다

하루 스물네 시간
순라의 눈빛을 세우고 있었어도
늘 유순한 종족처럼
없는 듯 잊고 지냈던 그들
마침내 죽어서 그 빛나는 존재를 알려 주었다

저 무명의 백혈구처럼
소리 없이 내게 은혜였던 이들
행여 잊고 지내지는 않았는지

종기 부풀어 오른 자리 하얀 고름으로

조금씩 빠지는 날

나는 생각한다, 그들을.

어떤 보시

열기가 증기처럼 피어오르는 한낮
알몸의 왕 지렁이 한 마리
오체투지의 고행 길을 가고 있다

그 지렁이 얼마 더 나아가지 못한 채
개미떼에 붙잡혀 몸부림치기 시작한다
문득, 내가
적막한 시골 시멘트 길을 가는 중이다
납작 엎드린 채로

내가 만약 스무 살의 혈기였다면
서른, 혹은 마흔쯤의 나이었다면
해 지고 달 뜨는 일 말고는
앞만 보고 내달았을지 모를 일이다, 그러나
나는 지금 홀로 떠나는 왕 지렁이의
깊은 심중을 헤아릴 수 있는 세월
어둠 속 또 다른 은둔의 삶을 찾아
필사의 한낮 고행 길에 나선 그 고뇌를 공감한다

혼들리는 잠깐 동안의 저 고통까지도

마침내 몸부림을 멈춘 왕 지렁이
제 몸뚱이를 개미들에게 보시하고 있다

저만치 굉음을 내며
경운기 한 대 달려오고 있다.

혼란스러워 되돌아오다

도피안사에 들러 등신불을 보았다
한낮의 확성기 독경소리에
등신불이 알코올에 젖어 있었다
술에 곯아떨어진 얼굴로
정좌 자세는 흐트러지지 않는 저
공 테이프 같은 겨울 밤 눈발.

절을 내려오며
서울 시인들과 백세주를 마셨다
하나 둘 시인들도 제 몸으로부터 도피해갔다
문득, 서편하늘에 떠 있는
빈 소주병
신철원 입구 농협 3층 건물 옥상에서 열반에 들었다가
고석정 용마루 끝에서 고주망태가 되어
고래고래 소리쳤다.

서울 창동 아파트까지 내가 부축하고 온 만취의 등신불
내 서재 벽 한 켠에

걸어 놓은 등심불等心佛.

강아지

가을이면 나는 가끔
나를 묶어놓고 싶은 때가 있다

한 일주일 강아지 되어
나에게 묶여 있고 싶다

시는 늘 그렇다
나를 돌아다니게 한다

가을에
나는 개집에 묶인
강아지가 되고 싶다.

전족
— 詩에게

그대 향한 마음 오직 백학 같은 눈

소나무 가지에 내려

10㎝ 발로 머물기 위하여

쥐포같이 쪼그라진 채 있었네.

나 있던 자리 지워지고 지워지다

그 이끼 위에 발길 쌓여

그대 문전에 놓일 수 있다면, 좋겠다 싶을 때 있었네.

발목지뢰

1.
전방 소대장 시절이었다
통문에서 GP로 가는 비상도로 주변을 수색 중인 선두병
사가
선 채로 부들부들 떨고 있었다
발목지뢰를 밟았다는 것이다
강력본드에 달라붙은 듯 발을 떼지 못한 채
얼굴이 하얗게 질려 있었다
차가운 전율이 등줄기를 긋고 지나갔다
재빨리 낮은 포복으로 나는 그에게 접근해 갔다
다른 대원들은 엎드려 숨을 죽이고 우리를 주시하고 있
었다.

베어진 나무 밑동이었다
헛웃음이 나왔다
하늘을 바라보았다
한 점 구름이 흘러가고 있었다
한참을 그 병사는

나무 밑동을 발목지뢰로 착각한 채 밟고 있었다.

2.
다 썩어빠진 나무 밑동, 그 지뢰 같은
밑동을 밟고 있는
나의 시.

발자국

밤이 배춧잎처럼 파랗게 일어섰다
한 노인이 가느다란 관을 통해 팔뚝에 수액을 받고 있다
병실 밖으로 내리는 눈
그 눈 위로 누가 방금 한 세상을 건너갔다
창가에 붙박이처럼 서 있는 사내 발자국에서 눈을 떼지
못한다
번번이 사내의 길을 가로질러 갔던 노인
말문이 닫힌 후로는 웬일인지
눈이 자주 젖어들었다
알 수 없는 표정으로 입술을 씰룩거렸다
기억하고 있을까, 그는
망울이 맺히기 전 베어진 꽃나무의 눈빛을.
굳건히 버텨온 발자국이 비틀거리고 있다
혹여 알 수 있으랴
마지막 고향집 찾아가 통곡한 참회의 발걸음일 줄
내일 아침이면 그 발자국조차 사라지고
다시 그 자리에
짓눌렸던 파란 목숨이 눈을 틔울 수 있을 줄을

마당가의 플라타너스에서
마른 잎 하나 천천히 떨어져 내린다
서둘러 가슴에 담으려는 듯
사내는 창백해진 노인의 얼굴을 찬찬히 바라본다
굵은 눈물방울 하나 적막을 가르며 추락한다
여전히 병실 밖엔 눈이 내리고.

혀舌

결코 씹을 수 없는 이것

세상 모두가 나를 외면한다 해도
마지막까지
나를 위해 남겨둘.

다만,
홀로 물 위에 동동 뜨는 일은 결단코 없기를.

하늘신발

몽당 빗자루가
하늘 한 귀퉁이를 한없이 쓸고 있다

아무리 쓸어도 하늘 까맣다
나도 까맣다.

흰 붓이 나를 쓸고 있다
나, 다 닳았다.

남루한 입가
남루한 웃음, 그 웃음 속에
넓고 너른 평화가,
벌판이 있다.

그 벌판이 나를 샤워시키고 있다.

나는 지금 초록 벌판, 처음 내민
초록 풀싹이다.

창동역에 주저앉은 눈

창동역에 눈 내린다.

힘 빼고 내린다
내리는 게 아니라 저건 아예 드러눕듯이
동굴로 들어가는 거다.

아, 힘 빼고 살던 코끼리
도봉이 아닌 치악산 누졸재 꼭대기
동굴 찾아 간 코끼리.

창동역에 내린 눈은 거지발싸개 같은 눈

만신창이의 눈이
500cc 잔 안에 生이라는 흰 거품 위
허공에 내린다.

生처럼 눈이 왔다
내가 사는 상아 아파트에, 상아는 없고

상아같이 하얀 눈이
호프 잔에 거품으로 올라온다.

거품은 사라지는 곳을 가르쳐 주지 않는 코끼리
동굴 속으로 은신해 사라진 눈발처럼.

창동역에 눈 내린다
함박눈, 코끼리처럼 주저앉는다.

길에 들다

책상을 정리한다

지금까지 비좁은 사람들 사이를 헤집고 왔으므로

세렝게티 평원의 늙은 사자처럼 조용하게.

이제 나는 고요한 세상 저편을 향해

볼펜 몇 자루 담은 가방 하나 들고

지난여름 갈대를 서걱대게 하던 바람 따라

아주 낯선 길을 나선다.

다시 어딘가에서 나를 찾아내는 날은 오지 않을 것이다

떨어지는 나무 밑동의 껍질처럼

나는 차츰 그동안의 나에게서 멀어져

새로운 세상으로 떠날 것이다.

돌아보면 꿈속에서도 잊지 못할,

바람을 바람으로 막으며 밤새 잠 못 드는

중랑천 변 가로등이여, 안녕

이제 다시

네 간절한 눈빛과 고단한 침묵의 소리에도

나는 더 이상 귀를 기울이지 않을 것이다.

다시 온다는 약속은 보洑에 갇힌 물거품이다

걷히지 않는 희뿌연 안개만이 내 시야를 가린다
그러나 나는 서둘러 가야 한다
세상 저편의 일이, 혹여
새벽 가로등 불빛처럼 깜박일지라도
거기서 책상은 나를 정리할 것이다.

나무의자와 방석

의자 위에 방석 같은 내가 있다
비로소 나만의 가벼움이 느껴진다.

나는 누구에겐가
고통이나 안식을 주리라고는 생각하지 않는다

의자는 의자이고
방석은 방석일 뿐.

딱딱함과
푹신함은
원래부터 있지 않았다
다만,

의자 위에 잠시 앉았다 간
방석의 방법으로서
누군가가 존재했을 뿐.

제2부

가을비 머리 풀고

가을비 머리 풀고 일주일을 통곡한다

마음 먼저 낙향한 치악산 강림講林 땅에
오래 전 은거한 운곡耘谷처사 만나러
수레너미 넘어 태종대를 찾았건만,
가을비 머리 풀고 일주일을 통곡한다.
마음만 먹으면 지척이라 별렀던 고개지만
어느새 붉게 머리 단장한 수레너미 바라보며
가을비 일주일을 엎디어 울어댄다.
떨어진 낙엽이나 쓸어 모을 바람이라면
애당초 꾸지 말아야 할 시詩이었기에
행여,
나도 스승의 가르침 외면한 죄 있어
이리도 참 시 한 편 나를 거절하는가.
안 그래도 첩첩산중인데, 나는
꼼짝없이 빗속에 갇혀
내 속에 갇혀
노고소老姑沼 푸른 물에 잠겨 들었다.

* 태종대 : 태종이 스승인 운곡 원천석 선생을 만나기 위해 1주일을 머물
다 간 곳으로 치악산 강림에 있음.

대적大寂

어둠에 갇혔다
어둠은 언제나 가볍다
정갈하다

자갈밭에서 늦은 저녁을 이끌고
오래 흐르고 흘러온 강줄기의 뒤척임이
내 신발 끄는 소리에 달라붙어 있다

어둠은
피어남으로서 투명하구나

달이 꽃 속으로 풍덩 뛰어들었다

내 저 속으로 들어가
붉나무 오배자처럼 몸 꼬부리고
풋잠을 자리라.

수레너미를 넘다

산길 어디까지 이어졌는가
벼랑 끝 저 조그만 샛길을 보면
제일 처음 이 길을 낸 분명 사람 있으리라

누추한 초막 불 지피던 터가 보인다
나뭇잎 사이 썩어버린 돌의 책도 있다
다 문드러진 글씨가 무슨 내용인지 알 수 없으나
짐작도 못할 문자의 뜻을 생각해보다가 길을 내려온다
내가 쓰는 시는 그 뜻에 다가가고 싶은 그리움
적막한 산속을 살찌웠을 바람과 구름과 새소리
몸은 비록 누더기 시대의 쫓긴 남루였을지 모르나
충만함이 전해오는 듯하다
길은 한낱 짐승 따위를 잡기 위해 나지 않았다
저 푸른 숲 사이 어딘가에 숨어 있거나
혹은 잠들어 있을지 모를 노인을 찾아 나는
다시 산길을 오르지 않으면 안 된다
굳게 침묵하는 바위 아래에서 언제까지고 기다리리라
마침내 숲속 저만치 나무 사이에서

홀연 바람처럼 다가오리니, 내게 오리니
푸른 수염에 긴 칼 찬 벽력같은 목소리로.

강림 가는 길

1.
절벽 앞에 머리 부딪고 산 우리
90년 식 낡은 프린스 몰고 가다가 부딪힌 도로 위 바윗돌
산 밑으로 올라와 굴러다니는
저 해골덩이들.

새말 IC 지나 아, 치악산
저 멀리, 혹은 가까이
숨어 흘러들고 있는 강림 물빛은 무슨 색깔일까
되돌아 올 수밖에 없는 길 위로
똬리 틀고 정좌한 적막
그 적막 속으로 굴러 떨어진.

문득, 첩첩산중에 내가 버려졌다는 느낌.

강림 가는 길
따라오는 냇물 소리와 얘기 나누다가
깜박 삶을 놓쳐버렸다

몇 십 년 만일까
울음 이겨낸 이 물소리
바윗돌처럼 땅에 처박힌 내가 한결 가벼워졌다.

물소리 고요하구나, 깊구나.

저, 아득한 변암弁巖 골짜기
누졸한 그 고깔 속을
내가 과연 갈 수가 있을까
올라낼 수 있을까
저 골짜기는 인간을 허락하지 않는데.

새벽 2시 산천山川 민박집
구들장이 식어가고 있다
불쑥 찾아 온 치악산 감자달
내가 기다리던,
나를 기다리던,
저 흙의 뿌리털.

방 안에는 억새풀 담요 위로 고요가 누워 있다
달빛 따라 찾아온
풀벌레 소리.

2.
당뇨병으로 낙향한 친구
복숭아밭에서 만났다
복숭아 가장귀의 길
복숭아밭에서 둘이 소주 한잔 걸치다 한 말
길은 자네 마음에 있지.

산이 구름 흰 장막 속으로 몸을 숨긴다
깊숙이 아주 숨어버린다
나무도 풀도 숨는다
냇물도 숨는다
나도 따라 숨는다.

골짜기를 내려온 물이
바윗돌을 아우르며 흘러간다
바윗돌이 각을 지운다
파안대소하고 있다
내가 물이 된다
바윗돌이 된다.

내가 물이 되어 세상을 바라본다면
세상은 어떤 모습일까
내가 바위가 되어 세상을 바라본다면
세상은 또 어떤 모습일까
내가 물을 바라보듯,
내가 바위를 바라보듯
물도, 바위도 세상을 바라보고 있다
나를 보고 있다.

고둔치 바위에서

1.

벼랑엔 가막살나무
위태롭게 매달려 익은 붉은 날치 알
세상에 머물러야 할 저 가막살나무
이 산중까지 웬일인가

가막살나무가 마냥 웃고 있다

2.

적막한 길 위 어둠 내린다

무엇이 두려우랴
늘 비어 있는
큰 노인에게 가는 길

이제 그 노인
아슬하게 걸터앉은 바위가
나의 거처인 것을

나는 하루 밤을
생철 달과 단둘이 보낸다

3.
새벽녘엔 꿈을 꾸다
수면 위를 걸어가는 흰 수염을 만나다
수염이 파안대소하다

4.
낮달이 오르듯 맑아지는 수레너미
수레너미 고개가 눈을 뜬다
푸른 눈동자다

이제부터 그 수염을 생각하자
발설되지 않은 그 생애를 기억하자
소리 없이

산천에 젖다

1.
산천에 꽃방석 같은 달떴다.
붉은 단풍나무 우산 아래에서
서울 시인들과 소주를 마신다
붉은 잎 툭툭 내 어깨를 친다

2.
민박집 산천山川
도망치듯 떠난 고향땅 때 절은 방석
치악산 골 물소리를 홀로 들으며 찌들 대로 찌든,
저 물소리

어둠 속에서
나무들이 삐쭉거리는 듯
산이 와불처럼 돌아앉아 있다

3.
저 돌아앉은 산이 물소리로 내려 보내는

새벽 네 시

나를 눕혀다오

나를 더 실컷 때려다오

우졸재 1

원주에서 고등학교 마치고 군대 가
30년 부초처럼 떠돌다 냉락한
치악산 학곡리鶴谷里

어릴 적 소원 빌던 뒷산 영송나무
허름한 터에
초옥 한 칸 올렸다

어리석었던 나를 돌아보며
우졸재愚拙齋라 감히 명하며 부끄러워하다.

우졸재 2

강원도 원주시 소초면 학곡리
결국, 되돌아왔다
흰 눈 백학처럼 소나무가지에 앉아 있던 곳

붉은 구름 수레너미로 치솟아 잿빛 봉우리 머물고

저 봉우리에 올린 초옥 한 칸
헛 누각,
시 쓰는 촛불

억새풀 담요 하나
라면 봉지
모로 누운 참이슬 두 병
별빛 지붕

마르다가, 마르다가
숨 놓아버릴까, 마른 잎 하나.

우졸재 3

우졸재 서고에
산의 적막이 기거하고 계시다

문은 기척이 없다

휘청거리는 날의 오후 허기져 귀가해 보면
마당엔 탕건을 땅에 반쯤 묻은
문인석도 있었다

돌부처는 바람을 일으키지 못한다

무엇 때문일까
열리지도 않는 저 문 밖에서
한 세월 서성이고 있는 내 시는

내가 더 키워놓은 적막은.

우졸재의 밤

1.

상류에서 흘러 내려오는 이 밤 시커먼 물소리
점점 더 꺼매지는 물소리
입춘 때까지 품고 살면 매화꽃으로 피어날까
그믐달 마시며 자란 물소리

2.

서울에서 들려오는 소식 모두 꺼 놓고
나 물소리 속에 누워 있다
억새풀 이불 덮고

3.

치악에 그믐달 떴다
부엉이 울음소리에
뒷산 영송나무도 덩달아 뒤척이고 있다.

누졸에 대하여

내 마음이 만 리다

뜬 구름
구들장 몇 개
뼈만 남은 텃밭의 갓 상추
남루한 하늘이 나를 맞이한다

산 아래 저 세상
아득하다

남루한 초막 안에는
누졸陋拙한 참이 있다

나는 너무 깊은 잠에 곯아떨어져 있다
깨워도 일어날 줄 모르는 이 삶.

비운 자리

뒷산 영송靈松나무 가지

백로 보이지 않는다

비로봉 미륵불탑 굽어보고 있는데,

수레너미 하늘빛은 여전히 해맑은데,

개천가엔 아스팔트길이 길게 누웠다

30년 탕자생활이 남긴,

보이는 건 침묵뿐.

내 안의 추위

고향 치악에 내려온 날 아침부터 폭설이 내렸다

언 굴뚝에선 흰 연기 피어오르고
통행마저 끊긴 거리

하루 종일,

하루 종일,

눈은 마을에 내렸는데
쌓인 것은 내 몸 안의 추위

내 안의 추위는 쌓이기만 할 뿐
무엇 하나 덮어 감싸 안지를 못한다
겨울 산 빈 적막까지도

그리운 건 다 잊었다
다만 외로울 뿐

딴딴하게 뭉쳐진 외로움

그러나 이 외로움이 나는 차라리 편하다.

산속에서 말 걸어오는 사내

치악산 골안개 걷힐 줄 모른다
세렴폭포 지나 등산객 몇 바윗길 오르고 있다
앞서가던 한 사내, 마치
따라오는 제 모습 발견한 듯 흘끔흘끔 뒤돌아본다

원주가 고향이라는,
서울생활은 삶의 단거리 열차표였다는 사내
고향을 찾을 때마다 치악산을 오른다고 했다, 그가
산을 오르는 것은
제 몸의 고단함을 부려놓고 싶어서라고 했다

아무도 반가워할 이 없는 고향집
달개비 파란 눈이
원망하듯 쳐다보는 그 텅 빈 마당을 들어설 용기가
아직도 없다
문득,
숲속 어디선가 크고 검붉은 꿩 한 마리 솟구쳐 오른다
사람이 두려워도 깊은 산속으로 깃들지 못하는

저 꿩 같은

사내는 그러나 오늘 드디어 사람 곁을 떠나려나 보다

그가 나일지 모른다는 생각을 해본다.

매화산

강원도 원주시 소초면 학곡리
교학초등학교에서 치악산 수레너미까지
소풍 가던 산길 십여 리
잊고 있던 그 길 다시 찾아 간다

햇빛도 범접 못할 늙은 소나무 숲 사이에서
문득,
망태기를 업은 걸인을 만날 성싶다.
긴 지팡이 비껴 세우고
흰 수염 바람에 날리며
이끼 낀 바위 위에 걸터앉은 노송이 그일까

일찍이 그 걸인 만나 뵈러 찾아간 이 흔적 없고
더 깊숙이 숨어 들어간 매화산 골짜기
저 매화산은 혹여, 그가
마음속으로 기르던 산이 아니었을까

눈을 들고 살펴보면 숲속 한가득

매화 향기뿐

돌연 산이 길을 거둬버렸다.

산모퉁이

저물녘 신작로에 나갔다.
돌아앉은 산모퉁이 저 멀리
어둠이 길 끝자락을 지우며
내가 서 있는 자리까지 다가왔다.
긴 팔 늘어뜨린 소나무
내 어린 시절 기억 잡아끄는 그곳
혹여, 생선가시 발라 꼭꼭 씹어주던
할아버지 계시지는 않을까.
밤이면
여어이 여어이
할머니 부르는 소리 바람결에 들렸는데
잿빛 중절모에 흰 두루마기 펄럭이며
금방이라도 손잡고 걸어 나올 것 같다.
한평생 이마에 주름 한번 짓지 않은
할머니 찾아 꽃상여 타시던 그날처럼
찔레꽃 하얗게 웃고
두견새 울음 하늘 가득한 저녁
곰방대 손에 들고 툇마루 서성이던 할아버지

다시 할머니 만난 듯

어스름 하늘가에 반짝이는,

별 두엇.

귀향

나이 들어가면서부터
답답한 서울을 떠나 고향 텃밭에
조그만 집을 짓고 사는 게 꿈이 되었다
닭 몇 마리에
털 복슬복슬한 백구를 키우며
내 좋아하는 글을 쓰기도 하면서
상치랑 오이랑 채소 가꾸어
고맙고 다정한 친구들에게 나눠주고 싶었다
집 뒤 밤나무 아래 평상에 누워
무시로 흘러가는 구름의 속내를 생각하며
군불 땐 사랑방에서 친구와 조용히
소주잔을 기울이고도 싶었다
마침내 초원 위에 싸리를 엮어
초옥草屋 한 칸을 세워 놓았으니
이제 겨우 반은 이뤄진 셈이다 싶다
새들도 수컷이 지어놓은 집을 보고
마음에 들면 암컷이 냉큼 입주를 한다는데
아무리 집을 지어 놓았어도

아내는 내려올 생각조차 하지 않는다
그러고 보니 신에게 물어볼 말이 하나 있다
특별히 인간에게는
집 보고 따라가는 본능을
주지 않은 또 다른 이유가 있느냐고.

마당 소나무

솔가지는
제 이파리의 빈난함 따위는
걱정하지 않는 걸,

나와 함께 야위어 가는
저 소나무에게 요즘
다시
말을 배우고 있다.

호박꽃
— 운곡처사

저 노란 꽃등을
사람들은 관심조차 갖지 않습니다

화려한 외모에 짙은 향기를 풍기거나, 혹은
위엄 있어 보이는 장식으로
제 몸을 치장한 다른 꽃과 달리,
빗물 한 줄기에도 켜든 불 서둘러 내리고 마는
지극히 마음 여린 꽃입니다

아무리 사무친 노여움이 있을지라도
침묵으로 조용히 삭이고 마는, 이 꽃은
강물을 가려 받지 않는 바다처럼
적의를 품고 다가오는 것까지도
넓은 품으로 감싸 안으며 숨겨주지만

끝내는,
소리 없이 야무진 손으로 휘어잡아
다만, 제 갈 길을 가는 꽃입니다.

가을엔 아무도

올여름
하늘을 빗질해대던 나뭇잎들
내게 헛 손가락질 하고 있다

나무 아래 녹슨 세상 하릴없이 쓸고 있는
내게

자중하라,

자중하라,

쓸다가
내 마음쯤 어디 껜가 가르키며
헛 손가락질 해대면서,

너, 자중해라.

제3부
치악통신

나의 탄생일

가을밤이다
풀벌레 소리 꺼진 곳에서
부처의 손이 예수를 껴안고 품어주고 있다
고요가 하염없이 울고 있다
내 옆에서 하염없이 흘러간 고요가
새벽 촛불을 들고 언덕으로 오르고 있다
저 양떼 같은 아침을 따라가는
흰 무리의 햇살들
그 틈에서 나는
음매 하고 헛 울음을 터뜨린다.

봄비

봄비는 젖은 차림이다

나는 늘 비였다

비 맞고 있는 비

내게, 비는 한 줄의 시였다

나는 그 시 한 줄을

패랭이꽃에다 준다.

모월모일

연천군 백학면 고랑포 민통선 북방
표적지가 세워진 낯선 산언덕
사격훈련을 마치고 나니
유탄에 끊어진 가을 코스모스 허리들이 보였다

밤이면 나는
그 코스모스에 미안한 마음으로
기어들어가,
숨어들어가,
모포 밑에서
표적지 뒷면에 뭔가 찌르레기 울음 같은 것을 끼적거렸다

혹여, 이런 것이
시의 근처로 가는 마음이라 생각하면서.

냉이

눈 속에 갇혀 있는 동안
왕王자가 새겨졌는지

볼수록
아랫도리에 힘이 주어지는
뿌리.

신 세한도

군데군데 누추한 슬레이트 지붕.

바람에 등 떠밀린 마른 오동잎 하나
앞마당으로 들어서는 오후.

눈보라

한 겨울
웬 하루살이들인가

노여워 마라

너희는,
주검마저 신비하지 않느냐

열반은 더더욱,
장엄하지 않느냐.

난타

베개 밑에 몰려와
지칠 줄 모르고 두들겨대는
저,

밤 개구리 소리.

새벽

골안개 휘감듯

백로 몇 마리 들판을 날아간다

살아 있어

호흡할 수 있는 이 상쾌함.

등산길

입을 꾹 다물고
홀로
산을 내려오는 사람이 있다

땀에 젖은 머리칼을 쓸어 올리며
웃음 머금은 사람이 있다

때로는
다리를 절룩이며
괴로워하는 사람도 있다

그 사람들을 보면서
이제 나는 그 길을 오르고 있다.

낮달

하느님도
때로는
이쪽이 엄청 궁금하신가 보다

이리도 바람 부는
겨울 한낮
한쪽 귀 열어놓고

볼 얼려가며
새파랗게
엿듣고 계신 걸 보면.

창경궁 버드나무

창경궁 늙은 버드나무
머리 풀고
연못으로 들어가고 있다

백 년 전 자결하지 못한
어느 늙은 궁인의
아름다운 투신인가

한바탕 퍼부을 듯
먹장구름 몰려오는
저녁 무렵.

닭 표 신한라면

뜨겁고 뜨거운 여름 낮이었다

옛 동선동 골목
양기와 지붕 밑에서
삼백 원에 끓여주던 양은 냄비 집

담 모퉁이엔 조금 깨어진
반원형의 문양

친구 손에 이끌려
단 한번 먹어본,

찌그러진 냄비로 끓여주던
닭 표 신한라면

보약 같은 그 국물 맛!

* 우리나라 초기생산 라면

기억 1

쇠비 맞자, 호박잎

몸 일으켰다.

비 맞고 호박 가꾼 아버지

얼굴이 호박꽃처럼 환했다.

기억 2

런던, 레스토랑에서
이름만 보고 시켰는데

감자!
내가 제일 먹기 싫은.

나는 포크로 아무도 몰래
도버해협 절벽 아래로 던져 버렸다.

치악통신

1.

시골로 내려와 난蘭 대신 잡초나 치며 살려 했다

2.

야콘을 심었다
아버지가 물려준 쑥대밭 울타리 밑에.
시든 야콘 싹을 일으켜 세우려 해보지만
야콘 싹은 한번 떨군 고개를 들지 않는다

3.

밤 열한 시
늘 서울에서 깨우는 빗소리
여보! 거기서 새끼들 버리고 빗소리와 살아!
악쓰는 소리

4.

새벽 두 시
나를 깨우는 야콘의 울음소리

통화권 밖에서 웅웅거리는 울음소리
여·보··세···요 여···보··세·요

감자밭에 숨어
감자 꽃 보랏빛이나 문질러 지우다가
내 젖은 고막 꾹꾹 찔러대는
빗소리

납과 재

무거우면
많은 걸 가진 줄 알고

가벼우면
갖은 것조차 없는 줄 아는

이 모두 어리석은,

저울.

내 안에 피다

5월,

오동나무 꽃등이 나를 찾아왔다

삼천 개가 넘는 꽃등이 오동나무에 모여

껐다가, 켰다가 하면서

나를 환하게 밝히고 있다.

감자달 1

돌 구덩이에 달떴다

강원도 원주시 소초면 학곡리 마음 먼 하늘,

나,
저 달 속에
치악산 꼭대기를 통째로 빚어 넣으리라.

감자달 2

강림講林에,

아니다
노원구 월계동 풍림豊林에 대나무 숲 있다
대나무 평상도 있다

달이 내게 빌려준
사방의 고요.

감자달 3

나, 치악산을 견인해 가고 싶다

파뿌리 같은 겨울 밤,

얼어붙은 소초면 학곡리 냇가

썩어버린 물속으로.

검은 씨앗

길가에 차를 세워놓고
코스모스 씨앗을 받았다

아버지의 위 속에서
새까맣게 여문 검은 씨앗을
비비고 불어 비닐봉지 가득 담아왔다

올봄
흔들리는 손으로 몸소 뿌린 코스모스가
뒤란 가득 쑥대처럼 우거졌는데,

나 세상에 없어도 뒤란이 울긋불긋 하겠지…

힘겨운 목소리로 웃으시던 마른 목소리가
바람처럼
내 가슴속을 일렁이게 하고 있다.

감자달 4

나 어렸을 적
치악산 저 달을
참 많이 삶아 먹었다

목 메이게 먹었다.

눈 데이트

아침 햇살 고맙게 받고 있는
노란 은행나무의
참 맑은 미소와 요즘 눈 데이트하며 산다

뱃속까지 들여다보이는 풍요한 청빈
오래도록
저 은행나무와 데이트하고 싶다

오래오래,
나보다 더 오래
미소 짓고 있을, 하늘
그리고 땅.

내고 싶은 책

표지 디자인이야 구식이어도 괜찮다

질 낮은 지질에
다소는
투박한 활판이어도 괜찮다

처음 펼쳤을 땐 재미없고 지루하더라도
마지막 페이지를 넘기고 나면
오래도록 기억에 남는,

그 허허한 백지에 눌러 쓴 투박함.

치악산 정상에서

질긴 살가죽을 벗어나려 했던

발이

도착한 곳은

바람 잔 비로봉.

그곳의 고요.

바람이 쌓아놓은 고요.

쓰러진 코끼리를 위하여

여태천

(시인 · 동덕여대 교수)

한 사람의 생은 어떻게 기록되는가. 그가 한 말과 그가 한 행동과 그리고 그가 머물고 있는 곳에 의해 한 사람의 일생에 대한 기록이 완성될 수 있을까. 시가 시인의 일생을 그대로 번역한 것일 수는 없겠으나 어떤 시인의 삶은 그의 시를 통해서만 이 세계에 제 몫의 자리를 겨우 얻을 수 있다. 그렇다. 겨우 얻을 수 있는 것이다. 동시에 우리 또한 그 힘겨운 고투의 과정을 겨우 알아볼 수 있을 뿐이다. 세계에 대한 너무 많은 기대는 우리를 슬프게 하니 너무 아쉬워해도 안

되는 것이다. 그러나 제 몫의 자리를 얻을 수 있다니, 이건 또 얼마나 다행스러운 일인가. 그것을 엿보기라도 한다면 어찌 행운이 아니겠는가. 이경우 시인의 시와 삶이 여기에서 멀지 않다. 그의 목소리는 때로 너무 솔직하고, 그의 몸짓은 지나치게 겸손하며, 그가 거처하고 있는 곳은 누추하다. 이 모든 것을 말해주는 그의 시는 이렇게 시작한다.

저 아득한 산 아래에도 찬바람이 불고 있을까.
나는 지금, 침묵하는 산 위에서
눈을 감은 채 바람을 뒤집어쓰고 있다.
지금 내 모습은 무릎 굽은 채
너덜너덜한 나무.
내 기도는 형이하학
나는 다만,
이곳에 부는 눈바람에 내 몸을 맡겼을 뿐이다.
계절도 없는 이곳에서
내 몸을 얼리고 또 얼려
마침내 온몸이 얼음으로 가득 채워지면
그때 비로소 나는 말문을 틀 수 있으려나.
—「허약한 예수님」 부분

지금, 그가 머물고 있는 곳은 "침묵하는 산 위"다. 그는 "무릎 굽은 채" 눈바람을 뒤집어쓰고 있다. 그는 "다만"이라는 한정어를 통해 자신의 행동에 대해 설명한다. "저 아득한 산 아래에도 찬바람이 불고 있을까"라는 의심은 짧고 결의에 찬 말인 "다만" 때문에 사라지고 만다. 시인은 이 한정어를 그 행위가 어떤 목적을 두고서 하는 것이 아님을 밝히는 데 사용했다. 어쨌든, "계절도 없는" 곳에서 눈바람에 몸을 맡기고 있는 그는 아직 말을 하지 않는다. 말을 못해서도 말상대가 없어서도 아니다. 그는 진실을 이야기하고 싶은 것이다. 그가 말문을 트기 위해선 자신의 몸을 "얼리고 또 얼려/ 마침내 온몸이 얼음으로 가득 채워"져야 한다. 자신의 몸이 온통 얼음이어야 하다니, 이 처절한 고행수도는 왜 하는가. 그 이유를 잘 모르겠다. 그것이 선택된 것인지, 아니면 주어진 것인지를 알 수 없다. 그러나 그가 눈을 감은 채 너덜너덜한 나무가 되어 자신의 몸을 얼리는 것이 냉혹한 자기 검열임은 분명히 알겠다. 꽝꽝 얼어붙은 몸속으로 피가 돌듯 이 시집에는 자기 검열을 통해서 진실의 말문을 트려는 시인의 마음이 분명히 흐르고 있다.

진실한 고백은 고백의 내용과 관계없이 때로 우리에게 큰 감동을 준다. 그 감동은 고백이라는 형식이 주는 덤이 아니다. 절박한 시인의 마음을 이해하기 위해 한 편의 시를 더 읽는다.

창동역에 눈 내린다.

힘 빼고 내린다
내리는 게 아니라 저건 아예 드러눕듯이
동굴로 들어가는 거다.

아, 힘 빼고 살던 코끼리
도봉이 아닌 치악산 누졸재 꼭대기
동굴 찾아 간 코끼리.

창동역에 내린 눈은 거지발싸개 같은 눈

만신창이의 눈이
500cc 잔 안에 生이라는 흰 거품 위
허공에 내린다.

生처럼 눈이 왔다
내가 사는 상아 아파트에, 상아는 없고
상아같이 하얀 눈이
호프 잔에 거품으로 올라온다.

거품은 사라지는 곳을 가르쳐 주지 않는 코끼리
동굴 속으로 은신해 사라진 눈발처럼.

창동역에 눈 내린다

함박눈, 코끼리처럼 주저앉는다.

—「창동역에 주저앉은 눈」전문

거처는 달라졌지만 상황은 그다지 바뀌지 않았다. 눈이 내리고 있다. 그가 살고 있는 곳은 창동역 근처의 상아 아파트다. 생맥주를 마시며 그는 힘 빼고 내리는 눈을 바라본다. 눈 때문이었을까, 아니면 '상아'라는 글씨 때문이었을까. 아파트가 코끼리처럼 보이고 그는 한 마리의 코끼리를 떠올린다. 거대한 몸집의 코끼리는 그를 닮았다. 언젠가 그는 도봉이 아니라 멀리 치악산 누줄재에 있는 동굴을 찾아갔었다. 그 이유는 모른다. 이유를 시시콜콜 말할 코끼리가 원래 아니었으니 침묵하는 게 마땅하다. 그런데, 그 이후의 일도 역시 묘연하다. 다만 지금, 그가 "만신창이의 눈"을 맞으며 흰 거품 같은 인생의 덧없음을 생각하고 있는 것으로 보아 거품이 사라지듯 그도 생존경쟁에서 살아남지 못했을 것이라고 짐작해볼 수는 있다. 더 깊은 내력은 끝내 묻지 말고 묻어두자.

그런데 궁금한 것이 있다. "동굴 속으로 은신해 사라진 눈발"이라고 했지만, 그 사라짐이 정말 은신이었던가를 묻지 않을 수 없다. 은신이라면 격절의 비애가 있겠지만 그렇지도 않은 것 같다. "生처럼 눈이 왔다"고 했으니 그는 선택의 여지도 없이 무너졌음에 틀림없다. 아뿔싸, 함박눈이 코끼리처럼 주저앉았다. 그것은 "거지발싸개 같은 눈"이고 "만신창이의 눈"이었다. 말을 바꾸자. 함박눈 같은 코끼리가 주저 앉은 것이다. 그렇다. 함박눈처럼 코끼리 같은 그가 철퍼덕 주저앉고야 말았다. 그의 누추한 삶을 이제 조금 헤아릴 수 있겠다. 역시 감동은 고백의 형식이 아니라 그 절박함에서 왔다.

이미 주저앉았음에도 불구하고 그는 자신을 다그친다. 그렇다면, 눈이 내리는 허허벌판의 이 세계를 힘 빼고 걷는 코끼리 한 마리의 행적을 잠시 돌아볼 필요가 있겠다. 그는 "원주에서 고등학교 마치고 군대"를 갔으며, "30년 부초처럼 떠돌다"가 지금, "냉락한/ 치악산 학곡리"(「우졸재 1」)에서 "억새풀 담요 하나/ 라면 봉지/ 모로 누운 참이슬 두 병"과 함께 "별빛 지붕"(「우졸재 2」)을 벗 삼아 지내고 있다. 시에 기록된 그의 행장行狀은 이렇게 허름하다. 허름해서 아프고, 허름해서 외롭고, 허름해서 초연하다.

아, 이 허허벌판.

(공손하라)

다시 또 눈비벌판.

(공손하라)

저 혼자 발목 묶는 빗발.

그 발목이 우두둑 끊어버린 빗발.

이제 발은 깻잎 향을 맡으며 산다.
  —「발밑의 허름한 세월」 부분

 자신이 보낸 시간을 "허름한 세월"이라고 하는 것은 분명
지나친 겸손이다. 그 겸손은 "(공손하라)"는 특별한 언사 때
문에 나오는 것은 아니다. 그 겸손이 이 세계에서 살아남기
위한 삶의 방식일 수 있으나 처음부터 그는 세상을 편하게
사는 방법을 찾는 데 어지간히 둔했다. 그러니 그것이 생의
비책일 리 없다. "깻잎 향을 맡으며" 살고 있는 그의 발은 얼
마나 외롭고 누추한가.
 그런데 놀라운 것은, 아니 절대로 놀라서는 안 되는 것은
그의 발을 지탱하고 있는 것이 "다 썩어빠진 나무밑동, 그 지
뢰 같은"(「발목지뢰」) '시'라는 사실이다. 누구도 거들떠보지
않는 썩은 나무밑동. 시의 경제적 가치는 그것에 지나지 않
는다. 썩었다는 점에서 시는 한 개인의 삶에 있어서 지뢰같
이 위험한 것일 수도 있겠다. 그러나 지뢰이기 때문에 시는
늘 우리를 긴장하지 않을 수 없게 만든다. 시에 대한 그의
소회는 이렇게 기록되어 있다.

안 그래도 첩첩산중인데, 나는

꼼짝없이 빗속에 갇혀

내 속에 갇혀

노고소老姑沼 푸른 물에 잠겨 들었다.

　　　—「가을비 머리 풀고 일주일을 통곡한다」부분

　시 때문에 시인은 낙향을 했고("마음 먼저 낙향한 치악산 강림講林 땅"), 시를 위해 일주일을 통곡("가을비 머리 풀고 일주일을 통곡한다")했다. "마음만 먹으면 지척"이라 별렀건만 몸도 현실도 마음 같지 않았던 것이다. 그러나 그는 "일주일을 엎디어" 울었다. 어디 단, 일주일이었을까. 물리적으로 환산할 수 없는 시간이 흘렀을 것이다. 꼼짝없이 갇힌 시의 세계는 그러므로 그의 생 전부다. 시를 쓰는 일이란 "첩첩산중"처럼 막막하지만 그를 지탱하는 것이 바로 시이니, 별다른 도리가 없기는 없었겠다. "노고소老姑沼 푸른 물에 잠"긴 그 깊은 심중을 이렇게라도 이해하자.

　나는 지금 홀로 떠나는 왕 지렁이의

　깊은 심중을 헤아릴 수 있는 세월

　어둠 속 또 다른 은둔의 삶을 찾아

　필사의 한낮 고행 길에 나선 그 고뇌를 공감한다

　흔들리는 잠깐 동안의 저 고통까지도

　　　　　　　　　　　—「어떤 보시」부분

"열기가 증기처럼 피어오르는 한낮"에 "알몸의 왕 지렁이"처럼 '나'는 "필사의 한낮 고행 길"을 걷고 있다. "오체투지의 고행 길"을 스스로 선택한 것이다. "또 다른 은둔의 삶을 찾아"라고 했지만 은둔의 삶이 어렷일 수는 없으며, 이미 그것 또한 생의 비책이 아니라 절대적으로 주어진 것이었음을 읽은 바 있다. 그러므로 그가 "양말을 뒤집어쓰고 걸어 다녔다"는 말은 헛말이 아니다. 그의 "하느님이 젖은 양말 속에서/ 쪼그린 채 주무시고"(「양말 속에서 주무시는 하느님」) 계시다니 더 이상의 설명은 불필요하다. 그런데 누추하고 볼품없는 곳을 떠나 편안하게 쉬고 싶은 마음이 시인에게 왜 없겠는가. 그가 이렇게 고백한다.

가을이면 나는 가끔
나를 묶어놓고 싶은 때가 있다

한 일주일 강아지 되어
나에게 묶여 있고 싶다

시는 늘 그렇다
나를 돌아다니게 한다

가을에
나는 개집에 묶인

강아지가 되고 싶다.

—「강아지」 전문

　가을이다. 누구나 마음이 허전하고 어디론가 떠나고 싶은 계절이 아닌가. 세상모르는 강아지라고 왜 그렇지 않겠는가. 그런데, 화자는 자신을 묶어놓고 싶다고 말한다. 이 말이 진심이 아니라고 말할 수는 없으나 자고로 시인에게만은 이 말은 불가능한 것이었다. 욕망을 조이고 묶으려는 이성이 한편에 있고 또 한편에 묶이지 않으려는 강한 감정의 움직임이 있다. 시인들을 부추기는 것은 항상 후자 쪽이었다. "시는 늘 그렇다"고 그도 말하고 있지 않은가. 시가 늘 그를 돌아다니게 했다. 이 말 또한 진심이다. 의심할 바 없는 이 진실한 두 문장은 인간의 어쩔 수 없는 욕망의 속성을 보여준다. "나를 묶어놓고 싶은" 마음이 에로스라면 "나를 돌아다니게" 하는 마음은 타나토스다. 살고 싶은 마음과 죽고 싶은 마음이 묶이고 풀린다. 그것이 생의 리듬이다. 어느 것이 먼저랄 것도 없다. 그러나 그냥 놓아버리고 싶은 마음이 더 절실하다. 이 유혹으로부터 인간은, 더구나 시인은 자유롭지 않다. 그런데, 시인의 방랑에는 남다른 데가 있다.

　저 짧고 가느다란 막대기 하나가

　제 몸 수백 배 무게의 지게를 받쳐줌으로써

　마침내 연탄을 보호하고

사내에게 휴식을 안겨주듯,

몸으로 부딪치며 세상의

질서와 평화를 지키는 사람들을 생각해 본다

…(중략)…

지겟작대기처럼

나도 세상 한 귀퉁이 받치고 싶다

작지만 힘주어 보태고 싶다.

—「지겟작대기처럼」 부분

짧고 가느다란 지겟작대기가 되고 싶다니, 이것도 욕망이라면 너무 소박하지 않은가. 아니, 너무 겸손하지 않은가. 생을 다 포기하고 얻겠다는 것이 겨우 이것이었단 말인가. "세상 한 귀퉁이 받치고 싶다"는 그의 마음이 '나'를 묶어놓는 일이 아님을 웬만큼 이해하겠다. 그러므로 이 시인이 가까스로 제 생을 도모할 수 있는 길이 "몸으로 부딪치며 세상의/ 질서와 평화를 지키는" 것임을 진심으로 읽어야 할 것 같다. 그의 목소리는 너무 솔직하고 그의 몸짓은 지나치게 겸손하니 달리 방법이 없다. 그것이 시인으로서 큰 결함이 될 수 있으나 그가 시의 형식에 애면글면하지 않으니 어쩌겠는가. 인간의 삶이 "살아온 내력으로 구분되어지는 폐지"와 같다면, 그가 죽은 뒤에도 선명하게 남을 "불도장 같은"(「폐지의 이력서」) 이 진심어린 고백 또한 그의 생이 아니라고 감히 말할 수 없는 것이다.

이제 그의 생이 어떻게 기록될 것인지를 어림짐작할 수 있겠다. 한 시인의 생이 그의 시를 통해서 이해될 수 있다고 했으니 이것은 곧 이경우 시인의 시가 어떻게 기록될 것인가에 대한 허술한 대답이기도 하겠다.

먼저, 떠나는 것에서 그 기록은 시작된다.

> 이제 나는 고요한 세상 저편을 향해
> 볼펜 몇 자루 담은 가방 하나 들고
> 지난여름 갈대를 서걱대게 하던 바람 따라
> 아주 낯선 길을 나선다.
> 다시 어딘가에서 나를 찾아내는 날은 오지 않을 것이다
> 떨어지는 나무 밑동의 껍질처럼
> 나는 차츰 그동안의 나에게서 멀어져
> 새로운 세상으로 떠날 것이다.
>
> ─「길에 들다」 부분

시인은 달랑 "볼펜 몇 자루"를 가방에 담고 길을 떠난다. 떠남의 시작은 이렇게 가볍다. 그가 걷게 될 낯선 길에는 "지난여름 갈대를 서걱대게 하던 바람"만 분다. 그가 가져간 볼펜으로 무엇을 기록할 수 있을지는 보지 않아도 뻔하다. 그런데, 그는 "다시 어딘가에서 나를 찾아내는 날은 오지 않을 것이다"라고 유언을 기록하듯 비장하게 말한다. 떠남은 떠남이되 영원히 돌아올 수 없는 떠남이다. 그것은 "그동안

의 나에게서 멀어"지는 것으로 가능하다. 세상 저편이 세상 이편의 부본이라는 것은 인간의 헛된 바람일 뿐이다. 그러므로 떠남의 첫 기록은 있지만 떠남의 이후에 일어난 것에 관해서는 알 수 없다.

그의 생이 기록되는 두 번째 특징이 이러하다. 그의 기록은 아무것도 남기지 않는 기록이다.

다 문드러진 글씨가 무슨 내용인지 알 수 없으나
짐작도 못할 문자의 뜻을 생각해보다가 길을 내려온다
내가 쓰는 시는 그 뜻에 다가가고 싶은 그리움
　　　　　　　　　　　　　　　　　　　　—「수레너미를 넘다」 부분

수레너미를 넘다가 그가 발견한 글씨. 그것이 바로 그가 남길 기록이다. 글씨는 다 문드러져 무슨 내용인지 알아볼 수 없을 정도로 훼손되었다. 짐작도 할 수 없는 그것이야말로 시인 이경우가 기록할 그의 생이다. 누군가 읽어야 할 것이라면 그것 또한 묶이고 싶은 욕망이 있기 때문이다. 애초에 문자의 뜻은 없었다. 인간의 현실적 욕망이 문자를 만들고 거기에 의미를 부여했다. 시가 그 뜻 없음에 다가가고자 하는 것은 지극히 당연한 일이다. 그는 산을 내려와 보잘것없는 볼펜으로 아무도 읽을 수 없는 그의 생을 묵묵히 기록할 것이다.

마지막, 그의 기록은 조용히 기다리는 일이다.

무엇 때문일까

열리지도 않는 저 문 밖에서

한 세월 서성이고 있는 내 시는

―「우졸재 3」 부분

  시인이 찾아간 곳의 문은 닫혀 있다("문은 기척이 없다").
그런데도 그는 열릴 가능성이 전혀 없는 문 밖에 서 있다.
그 문의 주인인 운곡耘谷 원천석元天錫(1330~?)은 치악산에 누
졸재를 짓고 세상에 나가는 길을 스스로 막았다. 그는 중심
의 바깥에 있기를 고집했다. 운곡이 서성댔던 것처럼 그도
"한 세월 서성이고 있"을 것이다. 그러니 그가 기록할 내용
이 어떨지는 짐작하기 어려운 일이 아니다. 서성임의 흔적
만이 있을 뿐 아무것도 없다. 다만 조용히 기다리는 일이 전
부인 삶처럼 그의 생은 그렇게 기록될 것이다. 기록의 마지
막은 이렇게 끝난다.

  쓰러진 코끼리를 위하여, 그의 행보에 대하여 덧붙여야
할 말이 남았다. 정갈하고 청명한 삶은 세상으로부터 들려
오는 모든 소리와의 단절에서 시작된다. 그런데 그것은 칠
흑처럼 어둡다. 그 공포와 외로움을 견디는 일은 만만치 않
다. 이경우 시인은 그 길을 걸어갈 것이다. 이 믿음을 헛되
지 않게 하는 그의 시는 이렇게 적혀 있다.

하루 종일,

하루 종일,

눈은 마을에 내렸는데
쌓인 것은 내 몸 안의 추위

내 안의 추위는 쌓이기만 할 뿐
무엇 하나 덮어 감싸 안지를 못한다
겨울 산 빈 적막까지도

그리운 건 다 잊었다
다만 외로울 뿐

딴딴하게 뭉쳐진 외로움
그러나 이 외로움이 나는 차라리 편하다.
　　　　　　　　　　　　　　—「내 안의 추위」 부분

　"하루 종일"과 "하루 종일"의 여백만큼 오랜 시간 동안 눈
이 왔다. 그 여백은 어떤 목적도 시의 세계다. 눈이 와도 마
을은, 사람들은 이상이 없다. 정작 문제가 되는 쪽은 시인이
다. 모든 의심과 공포는 외부로부터 오는 게 아니라 내부에
서 생긴다. "쌓인 것은 내 몸 안의 추위"다. 그 어떤 것이 이

추위를 감싸줄 수 있을 것인가. 아무것도 없다. 코끼리는 쓰러졌다. 그리움에 지쳤을 것이다. 그리고 "하루 종일"과 "하루 종일" 동안 사무치게 그리운 것들을 잊었다. 그러나 다른 문제가 있었다. 그리운 것들을 겨우 다 잊었다고 해도 남은 외로움은 어떻게 할 것인가. 그런데 "겨울 산 빈 적막" 속에서 오직 외로움이 외로움을 이겨내게 한다는 것을 코끼리는 배웠던 것이다. 시인이 "마침내 온몸이 얼음으로 가득 채워지면/ 그때 비로소 나는 말문을 틀 수 있으려나"라고 했던 것을 기억하자. 그러므로 "딴딴하게 뭉쳐진 외로움/ 그러나 이 외로움이 나는 차라리 편"할 수밖에 없다는 그의 고백은 여전히 진심이어야 한다. 무엇과도 바꿀 수 없는 차가운 외로움을 품고 거대한 몸집의 코끼리는 길을 갈 것이다. 부디, "다만, 제 갈 길을 가는 꽃"(「호박꽃」)처럼 그의 기록이 지속되길 바란다. ▨

127

| 이경우 |
강원도 원주 출생
원주 영서고, 경희사이버대학교 미디어문예창작학과 졸업
2004년 『시를 사랑하는 사람들』로 등단

이메일 : noonbe20@hanmail.net

치악통신 ⓒ 이경우 2009

────────────────────

초판 인쇄 · 2009년 5월 20일
초판 발행 · 2009년 5월 30일

지은이 · 이경우
펴낸이 · 이선희
펴낸곳 · 한국문연

서울 서대문구 북가좌동 324-1 동화빌라 202호
출판등록 1988년 3월 3일 제3-188호
대표전화 302-2717 | 팩스 · 6442-6053
디지털 현대시 www.koreapoem.co.kr
이메일 koreapoem@hanmail.net

ISBN 978-89-6104-047-1 03810

값 7,000원

* 잘못된 책은 바꾸어 드립니다.